# ノラのボクが、家ネコになるまで

ヤスミン・スロヴェック 作
横山和江 訳

文研出版

アレックス、ヴィクター、パピー
そして うちのネコたちへ

MY PET HUMAN
by Yasmine Surovec
Copyright ⓒ 2015 by Yasmine Surovec

Japanese translation published by arrangement with
Roaring Brook Press, a division of Holtzbrinck
Publishing Holdings LP through The English Agency
(Japan) Ltd.
All rights reserved.

1 ノラはさいこう 1
2 まよいネコ 21
3 ヒトをトレーニングしよう 39
4 友だちつくるぞ計画、はじめ！ 61
5 家族になろう 85

# 1
## ノラはさいこう

ボクって、さいこう！
気ままなノラネコぐらしだからね。
　ほら、うしろに見える町ぜーんぶが、ボクの
なわばりさ。どこもかしこも自分の庭みたいな
もんだ。家にすんでるネコって、ヒトの相手を
しなくちゃいけないでしょ？　でも、ボクは
ちがうよ。ヒトのためになんて、なーんにもしない。
自分のすきなように生きればいいだけ。気まぐれな
ボクには、ぴったりなんだ。
　自由に生きるための大切なコツ、知りたい？
こっそりおしえてあげようか？

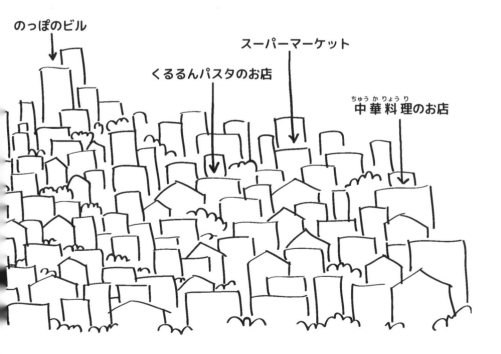

まずは、「食べものをくれるヒトと、なかよくなるべし」。スーパーにいけば「シショクヒン」をもらえることがあるし、中華料理のお店のうらには食べのこしがいっぱいある。
　でも、ごちそうなら、くるるんパスタのお店がいちばんだよ。パスタにミートボール、ピザにローストチキン……ああ、もう、よだれがでちゃう！

　ボクは、うら口のドアで、まってればいい。
しばらくすると、コックかウェイターが声をかけてくるからね。

よお、またきたのか。

はらぺこなんだろ？

そしたら「必殺ウルウルおめめ」をする！

この「必殺ウルウルおめめ」は、ちょっとやそっとでできるもんじゃないけど、ヒトからほしいものをもらうには、ぴったりのワザだよ。これさえすれば、なんでももらえるんだ。この顔には、さからえないでしょ？かわいくて、たまらないもん！

でも「必殺ウルウルおめめ」をしてもダメなときもある。
それが「保護センター」って書いてあるトラックを
運転してるヒト。あのトラックを見かけたら、
注意しないと。ノラネコやノライヌをさがしてるからね。
あいつにつかまれば、小さいオリにとじこめられて
「保護センター」につれていかれちゃう！

「保護センター」では、たっくさんのネコやイヌたちが、
たすけをもとめてニャーニャーワンワンないてるんだって！
　ボクは、いったことないけど、いくつもりなんかあるもんか。
だから、「通りでは、じゅうぶん注意しろ！」

「安全地帯をつくっておく」、これもコツ。
　だれもすんでない家のむかいにある、木とかね。この家には、ずーっと長いこと、ヒトがすんでいない。いい家なのになあ。ボクみたいなネコがすむのに、ぴったりじゃない？

「信頼できる友だちをたくさんもつ」のも、しあわせなノラネコぐらしには、すっごく大切なんだ。この家には、イヌのベンがすんでる。大きくて、りっぱな家でしょ？

ベンは、すごくやさしいよ。見てのとおり、ふわふわもこもこしてるから、いつも「ふわもこちゃん」てよばれてる。ベンの家には、ヒトの子どもがたくさんいるんだ。

ベンは1日じゅう、子どもたちとあそんであげてる。ねむるまでずっとだよ。なのに、みんな、なかなかねてくれないんだって。

のんびりしたくなったら、ベンは家をでて、うら庭にあるすてきな犬小屋へいく。ベンの犬小屋にいけば、たいてい友だちみんなに会えるんだ。

ほら、あそこ、丘のてっぺんにあるガラスばりの
家にすんでるのが、おすましネコのファーラ。

ファーラはヒトにあまやかされてて、
ほしいものは、なんでももらえるんだって。

うちのヒトは、おしゃれで
高いものがだいすきなの。あたし、
すごく愛されてるから、おやつも
おもちゃも、いちばん上等なものを
もらえちゃうのよねえ

ヒトって、1日じゅう
仕事でいそがしいでしょ？
だから、かえってきたら、
ひざにのって、のどを
ゴロゴロならすの。
いつも、いやされる、
っていわれるんミャア

陽気なネズミのジョージは、町のはんたいがわにある
小さいアパートで、リアムっていう男の子と、お父さんと
すんでる。

でも、ベンの家のうるさい子たちとはちがって、
リアムはびっくりするほどしずかで、
はずかしがりやらしい。はずかしすぎて、自分の
部屋にとじこもって、ゲームばっかりしてるんだって。

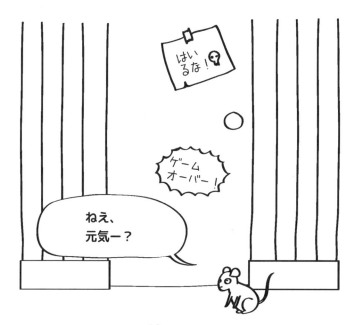

ヒトと家族になればいいのにって、友だちから
いわれることもある。でも、ボクにぴったり合う
ヒトなんて、見つかるわけないよね！
　だってカンペキじゃなきゃ、だめなんだから！
そのじょうけんはね……

1）おやつをたくさんくれる

2）せなかをなでなで
　　してくれる

3）ダンボール箱で
　　あそばせてくれる

4）おもしろいことを
　　してくれる

5）顔をおしつけてこない、
　　ぎゅうぎゅうだきしめない、
　　ヒゲとかシッポをひっぱらない

6）ひざの上でねかせてくれる　　　　7）ごはんをたっぷりくれる！

8）心が通じあう、
　　さいこうのあいぼうになる

カンペキなヒトなんて、この世にいるわけないさ。
ヒトって、うっとうしいし、お高くとまってるし、
気分やだし、わがままだから、家族になるなんて
かんがえられないよ。

みんな、わかってないなあ。
ボクは、ノラネコぐらしがだいすきなのに。

夜、みんながそれぞれの家にかえったあと、ひとりでできることはたくさんあるよ！

くるるんパスタのお店にいってもいいし、ねどこにする木をさがしてもいい。
　それか——

ヤバい！　にげろ！

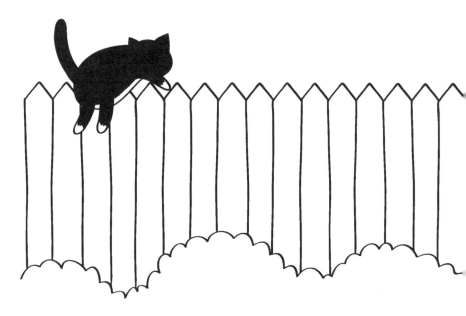

ひゃあ！　あぶなかった。自分のことは、自分で
しっかり守らなくちゃ。
「通りでは、じゅうぶん注意しろ！」を、ぜったい
わすれないようにしないとね。

　ヒトと家族になるといいことがあるのは、よくわかってる。
保護センターのあいつに、おいかけられないもん。けど、
ヒトって生きものに、ソクバクされたくないんだ。自由な
ノラネコぐらしを、ボクはすごく気にいってるんだもの。

## 2
まよいネコ

だれもすんでなかった家に、ヒトがひっこして
きたみたい。ちょっと、ていさつしてみようかな。
　あっ、家からおいしそうなにおいがしてくる！
きのうは、ばんごはんを食べそこねたから、
おなかがグーグーなりはじめたよ！

へえ、女の子がいるんだ……わあ、マカロニチーズ※に
ツナがのってる！　ボクも食べた〜い！

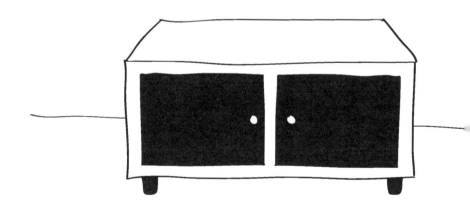

※ゆでたマカロニにチーズソースをからめたもの

うーん、どうしようかな。子どもって、
うるさくてしつこいからなあ。

でもまあ、ボクならうまいことやれるはず。
ヒトから食べものをもらうのは、なれてるからね。

窓から家にはいると、ボクは女の子の
足もとに、ちょこんとすわった。

かわいさアピールをして、ツナをゲットしちゃうぞ。

ほら、「必殺ウルウルおめめ」をおぼえてる？
こういうときこそ、つかわないとね。

ウルウルの目を、さらにまんまるにすれば、
ほしいものは、たいていもらえちゃう。

食べてるすがたをじっと見られるのって、なんだかおちつかないね。でも、おなかがぺこぺこすぎて、気にしちゃいられないよ。

女の子のお母さんが部屋にはいってきた。女の子とちがって、お母さんはいやがってる気がするなあ。ま、べつにいいもん。食事がすんだら、さっさとでていくんだし。

この家にいるつもりはないって、わかってないみたい。ツナを食べたかっただけなのになあ……。

へえ、すごいなあ。どんどんでてくるよ。

# まよいネコです

おたくの ネコですか？
セントラル3番地で
見つけました。
白黒ぶちもようで、
とっても食いしんぼうです！
心あたりのある人は、
222-△×△× まで、
お電話ください。

　この子、ものすごくかんちがいしてる。ボクは、
この家にすむつもりはないし、まよいネコでもないのに。
でもまあ、ダンボール箱であそんでてもいいかも。

なんでおふろなんかに、はいらなきゃなんないの？！

ギャー！ ぬれるの、だいきらい！
ウゲェーッ！ サイアク！

ヒトって、どうしておふろにはいるんだろう……
ちっともわかんない。ネコなら、からだをなめて
きれいにできるのに！

さっぱり
したでしょ？

ぐるぐるまきの
クレープになった気分だよ

でも、ダンボール箱は
すきなんだよねえ。
でていく前に、
ちょっとだけ
おひるねしようっと。

# 3
ヒトをトレーニングしよう

ベンとファーラとジョージだ！

みんな、ボクのこと、さがしにきてくれたんだね！

女の子がいなくなったから、ボクは窓から外にでた。
ヒトの家にすむのはおもしろいし、思ってたより
悪くはないのもわかった。でも、友だちに会えたのは
すっごくうれしかったよ。

ベンとファーラとジョージから、いろいろ
聞かれちゃった。ボクがヒトの家にいたから、
おどろいたんだって。

この家のヒトたちは、
まあまあだニャ。ボクを
バラバラにするほど、
きつくだきしめないから

友だちに、おしえてあげたよ。
この家には、ダンボール箱があるし、

せなかを、なでなでしてもらえるって。

なにより、オリーブとツナと、
マカロニチーズを
食べられるのが、いいよね！

そしたら、こんなふうに
いわれちゃった。

　そんなあ、先のことなんてわかんないよ。
頭のなかでは、この家にいつづけたらヒトとなかよく
なっちゃうからだめだ、っていう声が聞こえてくる。
ボクはヒトにソクバクされない、自由で気まぐれな
ノラネコだもの！　でも、ヒトの家にすむには
ちょうどいいかも、っていう声も聞こえてくるんだよね。

食べものをさがして町をうろつくのは、正直いって、くたびれちゃう。かといって、気まぐれなヒトとつきあうのも、くたびれる……でももし、ヒトをしつけられたら？　ほしいときに、いつでもおやつをもらえるようにトレーニングすればいいのかも！？

だからボクは、女の子の家にもどることにした。

この子をうまくトレーニングする自信はあるよ。
もうボクに夢中だもん。

ほしいときにいつでもおやつをもらうのって、
たいへんかな？　よし、ためしてみよう。

まずは、のどをならしてみる。

ゴロゴロがだめなら、かわいくないてみよう。

わかってもらうには、ちょっと時間がかかるみたい。

こうなったら「必殺ウルウルおめめ」をするしかない！

やったあ！ 通じた！ うまくできた
ごほうびに、「おでこコッツン」してあげるね。

ねばりづよく、くりかえす。これが、ヒトを
トレーニングするコツなんだな。ちゃんとできたら、
ごほうびをあげるのも大切だよね。

ね、すっごくかんたんでしょ？

さてと。この家にいるんだったら、お母さんも
トレーニングしなくちゃね。でも、女の子より
ちょっと手ごわいかも……ヒトのおとなって、
自分がいちばん正しい、って信じてるからさ。

お母さんって、
すぐにおこるし、

大きな声で、しょっちゅうもんくをいう。

おまけに、ちょっとしたことですぐイライラする。

　でも、だいじょうぶ！　時間と手間をかけて、ねばりづよくトレーニングすれば、だれでもボクのいうとおりになるさ。どうするか、知りたい？
　ひみつのしぐさをくりかえすと、びっくりするほどこうかがあるんだ。

　たとえばお母さんっていう生きものは、シッポで顔をなでられるのがすきなはず。とくに、本を読んでるときとか、ベッドでねようとしてるときとかにね。

ヒトって、プレゼントされるのがすきじゃない？
だからボクは、いつものおさんぽコースでつかまえた
とっておきのものをお母さんにプレゼントしたよ。
ヒトだって、狩りをするよね？

　ボクがよくつかまえるのは、いかにも野生ってかんじのヘビ。
うら庭にある植木鉢の下とかに、かくれてるヤツさ。

ほら、お母さんがプレゼントをよろこんでる!

おかしいな。いやがってる? プレゼントを
よろこばないヒトも、いるんだなあ。

しょうがない、アレを見せるか。ねえ、知ってる？
ヒトって、ネコのおなかにメロメロなんだよ。

ママ、見て。
もふもふのおなかだよ。
もう、ゆるしてあげて

　ボクのおなかはね、空にうかぶ雲みたいに
ふわふわできもちいいんだ。これを見たら、
だれだって、さわりたくてたまらなくなる。
どんなにきげんが悪くってもね。

ほら、ヒトをトレーニングするのは、かんたんだったでしょ？
前にもいったとおり、時間と手間、ねばりづよさ、おまけに
知恵(ちえ)をはたらかせればいい（ボクには、どれもたっぷりある）。

そのうちに、この家のヒトたちはボクの思いどおりになるよ。
この家にきて何日かたつけど、すごくいごこちがいいもん。
おもちゃも、おやつも、ツナもオリーブももらえるから、
食べものを町でさがす必要もなくなった！

友だちは、ボクがどうしてるかを気にして、たずねて
きてくれる。ついでに、ヒトとなかよくくらすためのヒントを
ボクにアドバイスしていくよ。ベンからは、
「自分のことだけかんがえてちゃ、だめなんだよ」って、
いわれた。

ヒトもしあわせかどうか、
気にかけてあげなくちゃね

しあわせじゃない
ヒトのそばにいたら、
楽しくないでしょ？

ヒトとくらすなら
おぼえとくと
いいっチュね

でも、ヒトと家族になるってきめたわけじゃないよ。どうしたいかがはっきりするまで、しばらくこの家にいようかなあ、っていうくらい。そのあいだに、ボクのいごこちがよくなるように、この子をしっかりトレーニングしておけばいいもんね。

　トレーニングがカンペキで、女の子がしあわせなら、ツナとかオリーブとか、せなかなでなでが、もっとあってもいいはずじゃないかな。ヒトのきもちって、やっぱりわかんないや。

# 4
## 友だちつくるぞ計画、はじめ！

ここんとこ、女の子は口をへの字にして、
ためいきばっかりついてる。

ボクが元気にしてあげよう。かわいさ全開(ぜんかい)にして
アピールすれば、きっとうまくいくよね！

窓からおりてきてた、ゴキゲンなクモを見せたら元気になるかな？

ほら、いかにもゴキゲンだもん！

お気にいりのダンボール箱も、かしてあげた。
ダンボール箱にはいると、ワクワクするでしょ？

この子は、そうでもないみたい。

ボクは元気がないとき、ベンやファーラやジョージに
会いにいくことにしてる。みんな、すてきな友だちだもの。
いつでも、やさしくでむかえてくれるよ。

そうだ！　あの子にも、ボクみたいに友だちがいればいいんだ。
そしたら、元気になるんじゃないかな。

よし、それがいい！　たいへんかもしれないけど、あの子に友だちができるように、てつだってあげよう！
ベンに相談しようかな。たくさん家にいる子どもが、友だちになってくれるかも。だめだ、ベンは家族と海にあそびにいってるんだった。

だからファーラに相談してみたよ。子どもが家にいなくても、役にたつアドバイスをしてくれた。

ジョージに相談すれば、いいんじゃない？
ジョージの家のリアムは、その子とおなじ
くらいの年だから。ただ、リアムはいつも
ひとりでいるから、むずかしいかもねえ

ジョージの家のリアムとボクんちの子を友だちにする
かんがえに、ジョージは、イイね！っていってくれた。
そこで、ボクたちは知恵(ちえ)をたっぷりつかって、
ぬかりない計画を、ねりにねった。こういうの、
ボクたち得意(とくい)なんだ。

チーズと
クラッカーを
つかおうよ。
ヒトってチーズと
クラッカーが
だいすきだチュ

だめニャ。
ややこしい話に
なっちゃう

さあ、「友だちつくるぞ計画」、はじめ！
女の子をつれだすには、なにかエサがいるな。

あのぼうしが、ちょうどよさそう。

ほら、ボクをおいかけてきてよ。

女の子が家からでてきたから、このまま、ジョージの
アパートまでしっかりつれていかなくちゃ。ジョージの
ほうも、計画をうまく進（すす）めてくれてるといいんだけど。

計画では、ジョージがリアムを外につれだすことになってた。でも、たいへんだろうって思ってたよ。だって、めったに家からでないらしいからね。

だからボク、女の子のぼうしも、うえこみになげこんだんだ。こうして、ボクたちの計画はさいごの仕上(しあ)げにはいったわけ。

ねえ、見て！「友だちつくるぞ計画」どおり、はずかしがりやの子ふたりを安全地帯からつれだして、であわせられたよ。ちょっと手間がかかったけどね。

計画が、うまくいきますように!

やったぁ! ふたりとも、すっごくうれしそう!

ほら、すてきな友情がはじまりそうじゃない？

ボクとジョージは、たまげたよ。男の子が……ちゃんとしゃべってるんだもん。
　ずっと前から友だちだったみたいにさ！

自分たちの計画がうまくいって、さいこうにうれしい！
あの子たちを友だちにできて、ほんとうによかったな。

ふたりは、アパートにはいっていったよ。
ゲームをして、もりあがるんだろうな。

まあ、いいよ。ボクの役目が、おわっただけのこと。
友だちみんなしあわせだし、あの子たちもしあわせになって
よかったよかった。

ボクは、ノラネコぐらしにもどればいいだけ。

# 5
## 家族(かぞく)になろう

あの子、さがしにでてきてくれないんだな。新しい友だちが、できたからだよね。もうボクなんか、いらないのかも。

ボクはツナのことを思いだしてた。オリーブのことも。ダンボール箱(ぱこ)のことも。あの子のことも。夢みたいにすっごく楽しかった日々のことを。

もう、いくしかない……べつに、かなしくなんかないよ。
ボクは自由気ままなノラネコだもの！
　心配するヒトがいないのって、気楽でいいな！　だれからも
気にかけられなけりゃ、ボクも気にかけないだけ。
じゃあね！　ひとりで旅にでちゃうもん！

女の子といっしょにいて楽しかったあれこれが、頭にうかんできちゃう。「おでこコッツン」も。

ひとりぼっちがひさしぶりだったから「通りでは、じゅうぶん注意しろ！」を、うっかりわすれてた！

しまった、あいつだ!
からだをよじっても、
ぜんぜんにげられない。

ギャーッ!

まさか
こんな
ことに
なるなんて!!!

いやだ、やめて！　おそろしい悪夢が
現実になっちゃった。

ああ、ボク、どうなっちゃうの？
「保護センター」でたすけをよぶ声が、聞こえてくる気がする。

いやだよ！　家にかえして！
友だちに会いたい！　ここからだして！

だれか、たすけてー！！！

あれっ……トラックの外から声が聞こえてきた。

だれかが大きな声でしゃべってる……あ、あの子だ！

ボクをたすけにきてくれたのかな？　おねがい、たすけて！
保護センターになんか、いきたくないよ。

保護センターのヒトの話なんか、聞いちゃだめ！

ちがうヒトの声も聞こえてきた。もしかして……
お母さん？

お母さんには、きらわれてると思ってたのに。ってことは、きらいなふりしてたけど、ボクのこと、すきだったんだ！
おねがい！　たすけてー！

ほっとして、なみだがでそうになった。

ボクにも、家族ができたんだね。

この子は、ボクのカンペキな家族だ。

ボクをたすけにきてくれたのは、女の子とお母さんだけじゃなかったよ。友だちのベンとファーラ、ジョージ、それにジョージの家のリアムも。みんな、ありがとう！

女の子は、ボクをしっかりだきしめたまま、家に
つれてかえってくれた。

あれこれいいつづけるものの、なかなかいい名前を思いつけないみたい。女の子がまよってるあいだに、ボクは女の子の呼び名を、ちゃんときめてたよ。
　「そばかすちゃん」がいいと思うんだ。
　顔に、そばかすがあるからね。
　そばかすちゃん、ってかわいいでしょ？

そばかすちゃんは、いつでもボクの呼び名を
かんがえるようになった。ボクのおなかを
なでてるときも、おさらをあらってるときも……

ボクに、ごはんをあげてるときも……

ボクのへんじを聞いて、ピンときたんだね。

おしまい

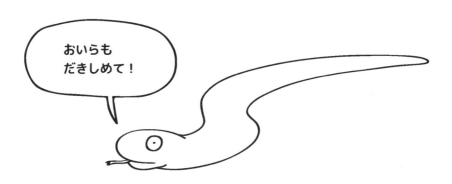

ヤスミン・スロヴェック　　　　　　　　作家

フィリピン出身、アメリカ在住。夫と犬と猫とともに暮らしている。「ネコ対ヒト」(Cat vs Human) という猫を溺愛する人間の日常を描いたマンガ形式のブログ (http://www.catversushuman.com/) が人気を博し、書籍でも何作か出ているほか、猫が登場する絵本『I See Kitty』、『A Bed for Kitty』も刊行されている。本書の続編、『My Pet Human Takes Center Stage』は2017年3月刊行予定。

横山和江　　　　　　　　　　　　　　　訳者

埼玉県生まれ。児童書の翻訳のほか読み聞かせの活動などを行っている。訳書は『300年まえから伝わるとびきりおいしいデザート』(あすなろ書房)、『14番目の金魚』『ウィッシュ　願いをかなえよう！』(ともに講談社)、「クマさんのおことわり」シリーズ (岩崎書店)、『サンタの最後のおくりもの』(徳間書店)、「サラとダックン」シリーズ (金の星社) など。
「やまねこ翻訳クラブ」(http://www.yamaneko.org/) 会員。

---

文研ブックランド

## ノラのボクが、家ネコになるまで

2017年1月30日　　第1刷
2018年5月30日　　第3刷

作　　家　ヤスミン・スロヴェック
訳　　者　横山和江
装　　幀　中嶋香織

ISBN978-4-580-82300-6
NDC933　A5判　112p　22cm

発行者　佐藤徹哉
発行所　文研出版　〒113-0023　東京都文京区向丘2-3-10　☎(03)3814-6277
　　　　　　　　　〒543-0052　大阪市天王寺区大道4-3-25　☎(06)6779-1531
　　　　　　　　　http://www.shinko-keirin.co.jp

印刷所／製本所　株式会社太洋社

©2017　K.YOKOYAMA
・定価はカバーに表示してあります。
・万一不良本がありましたらお取りかえいたします。
・本書のコピー、スキャン、デジタル化等の無断複製は著作権法上での例外を除き禁じられています。本書を代行業者等の第三者に依頼してスキャンやデジタル化することは、たとえ個人や家庭内の利用であっても著作権法上認められておりません。